★本故事純屬虛構，與實際的人物、團體名等均無關係。

入伍吧！
ATTENTION ! MAGICAL GIRLS
魔法☆少女

新訓篇 下

劉辰遠
劉辰欣之弟

王儀君
魔法少女

雷小綾
魔法少女

前情提要

在臺灣，每個女孩都有義務當一年的魔法少女，保家衛國。

天眞冒失的雷小綾，抽中了魔法役中號稱最操最可怕的「雷系魔法少女」，展開一段慌亂又荒謬的服役生活。

歷經了新訓中最難以適應的兩週時光，小綾交到了朋友，卻也不捨地與朋友告了別，如今終於迎來得以喘息的短暫懇親假，雷小綾將如何度過入伍後的第一次假期呢？不過可以預料的是，假期過後，新訓將進入更嚴苛的磨練！五花八門的魔法與雞飛狗跳的夥伴，雷系魔法少女的驚奇之旅，現在還只是序幕而已……

邱虹珍
上尉連長

王一美
一等士官長

劉玉琇
下士教育班長

劉于萱
魔法少女

陳葳貞
魔法少女

劉辰欣
退役魔法少女

雷家德
雷小綾之父

莊思嘉
雷小綾之母，退役魔法少女

目錄

第四章
人生的常識改變中

在實施休假之前，
會進行離營宣教。
可愛
正義
提醒魔法少女休假
在外的注意事項。
各位姊妹午安！
雷三營上校營長
廖美枝（52歲）
我知道休假在即，大家
的親友也在外邊等待，
所以我會長話短說……
呼
那麼以下有10點報告……
好多!!

安全回報：定時聯繫班長，告知自己平安。

在此也提醒各位，妳們休假，我也是在休假……
所以除了安全回報以外，敢隨便聯絡我的人就死定了，知道了沒？
報、報告是！
啊……終於出來了！
外面的空氣……
多麼清新香甜啊!!
那麼……我們就在這邊道別了，十分謝謝你們。
啊！不客氣……
雷小綾！

雖然應該不會有什麼事，但還是以防萬一……
我可以留妳的電話嗎？
好啊！
當然可以！
……
我的女兒不但成為魔法少女，而且還當著我的面，被別的男人要電話……
這種看著她成長離去的感覺……真是百感交集！
抽泣……
爸怎麼了？
別理他。

因為從臺北來到屏東，所以雷爸在當地租了車，
這兩天也將在旅館過夜。
二強汽車
好奇怪……我一直覺得臺灣街景好醜……
但今天看起來，卻都美得讓人想哭啊……
一點都不奇怪喔。
當過兵。
當過魔法少女。
啊，這間餐廳滿有名的，
我們去吃個點心吧。

我先去停車，
妳們先進餐廳。
進餐廳！
可！
愛！
正！
義！
……
這時的小綾還不知道，
她即將發生一連串的
「入伍後遺症」。

為了讓小綾能就近休息，所以他們入住了墾丁的渡假飯店。
啊……
真是太爽了！
而且……
只有我一個！

畢竟現在才早上五點半啊……
入伍後遺症之一：時間到了就早起。
不過也好！
這樣就能盡情玩了！
不好意思，這邊的泳池禁止跳水喔。
啊！
報告、是！
!?

我在幹什麼啊啊啊啊啊啊啊——
入伍後遺症之二：忍不住會喊報告。
小綾，我們去吃早餐吧。
好！
走走
小綾，妳不用對齊我的步伐哦，沒關係的。
咦咦咦咦咦不自覺就……!!
入伍後遺症之三：習慣對齊旁人腳步。
好不容易休假，我不能再這樣子了！

小綾，妳不用坐三分椅……
我怎麼又……
入伍後遺症之四：椅子習慣坐三分。
差不多了。
我們準備走吧！
小綾，不用整理，飯店會弄……
……!!
入伍後遺症之五：會順手把東西擺整齊。

這家甜點超有名，我昨天出營區就有訂位了！
Meow M
訂位客人，雷小綾！
有!!
有……yo！yo！到我們了好棒！ya！ya！
入伍後遺症之六：被唱名就會答有。
啊!!
哦哦哦哦哦哦!!
飛撲!

入伍後遺症之七：忘記可以用魔法。
咦？
啊啊啊啊啊啊啊啊啊啊啊!!
是只有我這麼蠢嗎嗎嗎嗎!?
小君，妳不用對我腳步哦。
啊!!
其實大家都一樣。

明明是快樂的……
卻總會冷不防地想到他。
刺痛!
明明是甜蜜的……
卻會忽然因為他而感到心酸。
失落……
這個「他」，並不是前男友之類的。
假期又減少一小時了!!
而是指「收假」。

來睡午覺吧！
可以睡個爽！
啊！睡太久了！好浪費時間啊！
這個軍營裡吃不到……
這個也是！
想尿尿……不要浪費時間，邊尿邊喝好了！
少噁心了！
啊！時間越來越少了！
快想想要做啥才不會浪費時間！
啊啊啊！想著別浪費時間的時候，就是在浪費時間了啊!!
小綾……妳冷靜點……

但是，無論再怎麼會把握時間，假，終究還是會結束。
北營
小綾！加油哦！注意安全！
我會的……
!?
爸爸看起來好擔心……

握緊……
不用擔心我！這對魔法少女雷小綾來說只是小菜一碟！
我們下次臺北見啦！掰掰！
昂首
闊步
嗚嗚……要撐兩個多禮拜才能放假啊……
勇氣模式只有30秒。

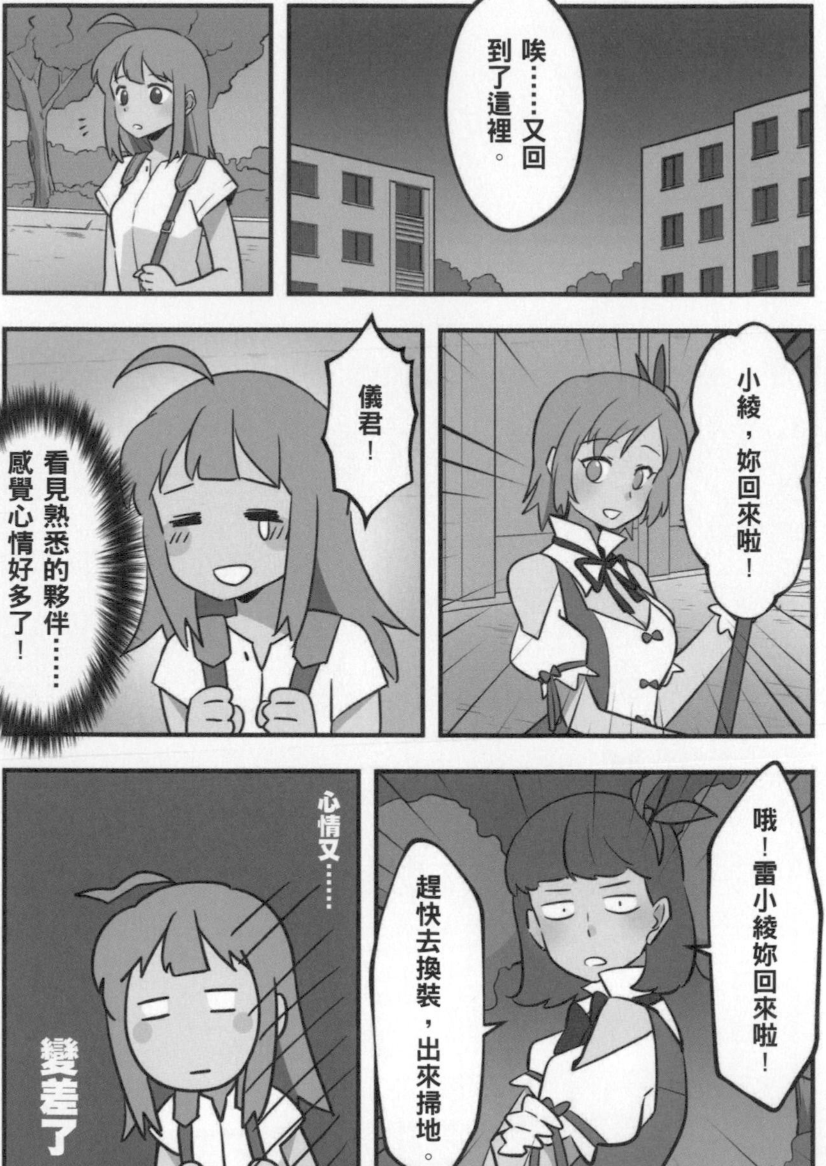
唉……又回到了這裡。
小綾，妳回來啦！
儀君！
看見熟悉的夥伴……感覺心情好多了！
哦！雷小綾妳回來啦！
趕快去換裝，出來掃地。
心情又……
變差了。

不過……話說回來！
明明我們表定是晚上9點收假，為什麼會要求我們7點就要點名了啊？這樣不就少兩個小時的假了？
嗯……可能因為是新訓才會時間抓得比較緊吧？
大概喔……
現在的她們還不知道，被凹兩個小時的假，是部隊的慣例。
因為這只是長官為了自己點名比較方便而已。

咳咳……
碰!
來兩個公差。
!?
閃
躲
飄
剩妳們兩個啊，跟我過來吧。
咦咦咦咦!?
空無一人……

出公差，
絕大部份都是進行打雜。
一人一支。
妳們把這邊的落葉掃乾淨就好。
但是玉琇班長派來的打雜，
往往跟整人沒兩樣。

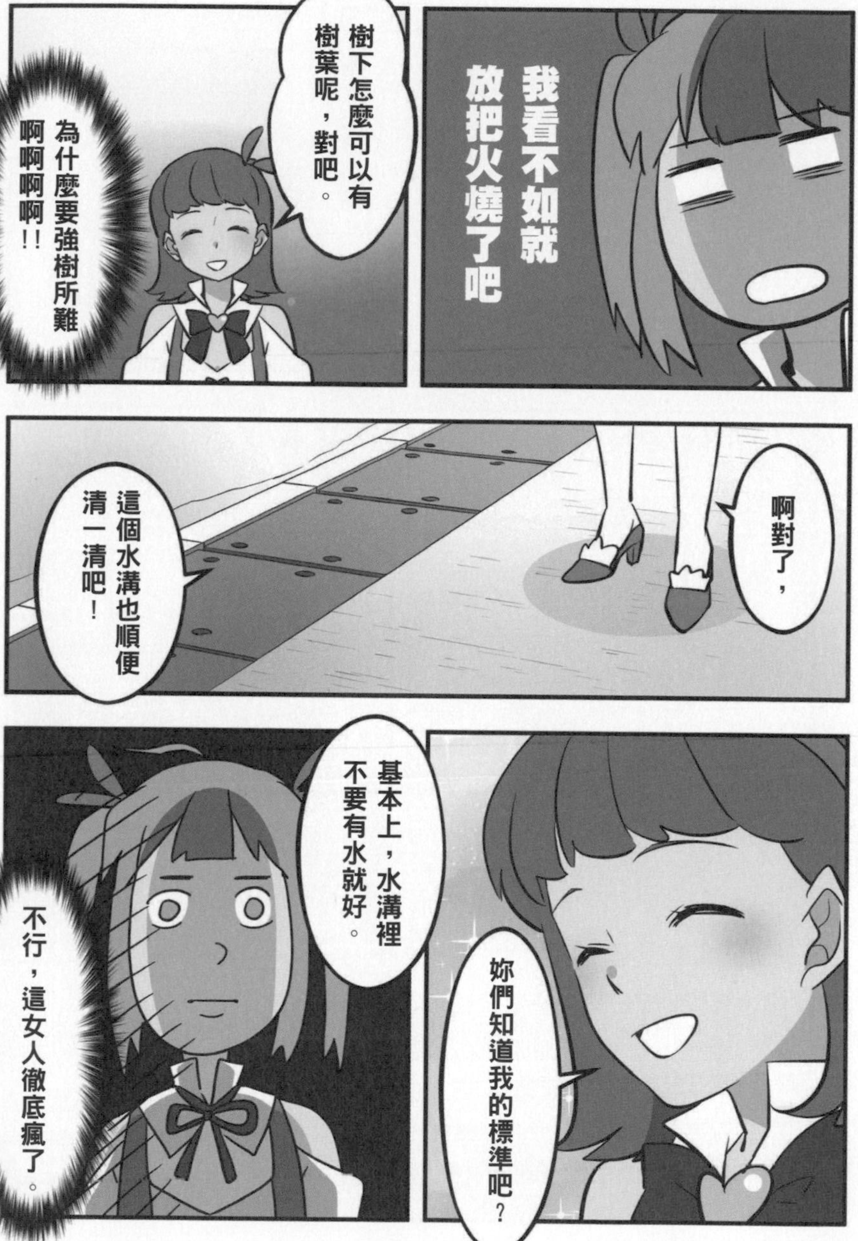
我看不如就放把火燒了吧
樹下怎麼可以有樹葉呢，對吧。
為什麼要強樹所難啊啊啊啊!!
啊對了，
這個水溝也順便清一清吧!
妳們知道我的標準吧?
基本上，水溝裡不要有水就好。
不行，這女人徹底瘋了。

呼……
總算，
掃完了。
啊，下雨了。
喂，妳們掃完了吧。
那走吧，我們回去油漆連兵舍的外牆。
我們的心裡，也是大雨啊……

不過偶爾也會碰到特別的公差活。
王儀君，雷小綾，出公差了！
怎麼又是我們……
班長，請問這次要去掃哪裡呢？
這次不是要掃地，是要去抓使魔啦。
咦！？
魔法少女在正式作戰的時候，
身邊都會帶著使魔。
在還沒注入魔力之前，
使魔只是普通的布偶。

但是在注入魔力之後，
使魔就會活動起來，
協助魔法少女在腹背受敵之時，
避免被敵人從後偷襲。
因為我國的使魔型號已經老舊，
所以有點秀逗了，有一隻在注入魔力之後竟然逃走了，
所以我們現在要去後山把他逮回來喔。

營區後山。
報告班長，
我有一個問題。
蛤？
什麼問題？
就是……如果有一個使魔逃走了，
那為什麼中午裝備檢查，使魔布偶卻沒有缺失呢？
很恐怖，不要問。
報、報告是！

這片林子裡有偵測到微弱的魔力反應，它應該就躲在這裡。
它的魔力應該快要耗盡了……
不過也許還是會因為故障而攻擊人，所以允許妳們使用魔法。
咦？要戰鬥！？
班長，怎麼不讓那個注入魔力的人自己來抓使魔呢？
這事總得交給手腳俐落的人來做嘛。
王儀君是優等生，所以來出公差……
至於妳，是士官長親自推薦的哦！她說妳應該有遺傳到優良的血統！
她媽媽超威的！女兒一定不弱！
誤會大了啊啊啊啊啊啊啊啊啊啊啊！！

放心啦，不會有危險的，妳們幫我圍住它，剩下的讓我來就好⋯
沙沙!!
嗯!?
啊!出現了!
感應到我們的魔力就自己跑出來了!
雷小綾!追上去!
王儀君!妳繞到左前方去堵它!
!!

雷小綾！它又朝妳那邊折返了！
咻!!
咚!!
哇啊!!
燒焦……
滋……

是誰說
沒有危險啊啊啊啊
喂…你！
轟轟！
要對我朋友做什麼？
隆！
（真的只是新手放出來的）雷魔法——優雷彈！
趁現在！
喝！！
退魔拳！！

嘶……
很好！
可以回去了。
王儀君，妳剛才是打算轟掉這裡嗎？
情急之下就……
!?
班、班長!!
那邊還有一隻使魔耶!!
不要理它，收隊。
我們只缺一隻而已，多出來也會被督導的。
咦咦咦咦!?
這樣好嗎!?
只有符合裝備清冊上的數量，才是最重要的。

天還濛濛亮，大家卻都醒了。
因為今天是特別的日子。
今天要行軍到魔法靶場，
魔法靶場
並且在那邊住上一週。
營區
行李整理完就趕快去連集合場集合！
再晚的話太陽就要出來啦！動作快！
這種感覺有點像要去遠足呢，有點興奮！

……收回前言！
剛出營區時確實興奮，
但背著行李在烈日下行軍，都快中暑了！
妳各位啊！打起精神來！
才走40分鐘而已，也太沒用了吧？
……
長官們的行李已經事先用軍用卡車載到魔法靶場了。

不過……
能看看營區外的風景，也能轉換心情啊……
炒の店!
早點來
嗚嗚……不看則已，
看了之後，反而更羨慕他們的自由了啊啊啊!!
世上最遙遠的距離不是生與死，
而是出了營區卻還在服役。

唉唷，是國家魔法少女啊。
哇，年輕人，好好加油啊！
想當年，我們也是這樣子行軍呢！
不過哪有她們這麼輕鬆！
我們以前還要對腳步唱魔法歌呢！
哪有她們這樣氣喘吁吁的！
唉呀！現在當魔法少女已經非常輕鬆了啦！
我們那時候還得服役三年呢！
真是一代不如一代喔！這麼輕鬆也算是當魔法少女嗎？所以說少子化養出一堆草莓族啊……

妳們夠了沒有！說什麼風涼話！
役期多長又不是我們決定的！
為什麼這樣就要叫我們草莓族！
對服役這麼引以為傲，當初怎麼沒有簽下去？再來當職業魔法少女啊！
再進來跟我們一起服役看到底操不操啊！不要只會出一張嘴提當年勇！
嗚嗚……
好想這樣回嘴啊……
卒仔。
哦，
我們到啦。

登上這個大斜坡之後，就是我們的目的地啦！
魔法靶
目測坡長約50公尺。
啊對了……為了不讓民眾質疑我們不夠精實……
我們就用衝刺的方式跑上這個大斜坡吧！
該死的民眾，好想揍他們一頓啊……
這個人是要保護民眾的魔法少女。
好啦！準備！跑最慢的要回頭重跑一次！
咦咦咦咦！？
懷疑啊？通通給我跑起來！
啪……

終、終於到了……
魔法靶場，就是提供魔法少女練習魔法射擊的專用場地。
這裡有特殊結界，讓魔法攻擊不會對環境造成破壞。
在安置完行李後，立即展開了訓練。
各位！接下來這一週，我們將密集練習魔法的射擊！
請各位仔細看我們的示範！不要嘻皮笑臉也不要大意！

魔法射擊又分為徒手射擊與魔法棒射擊，我們先請下士班長劉玉琇示範徒手射擊！
報告！是！
聽口令！射手上靶台！
開始詠唱！
優雷優雷優雷唷……
詠唱完成！射擊姿勢預備！

射擊！
咻！
磅！
哦哦！班長好準喔！差點就命中紅心耶！
我剛才不是說了……
不准給我嬉皮笑臉嗎？
通通有！伏地挺身預備！
因為魔法射擊容易造成危險，所以來到靶場，長官都會特別兇，以免大家不當一回事。

熱身完畢了吧？那我們開始吧！
聽口令！
第一波射手上靶台！
咯！
雷小綾！走路都不會啊!?
對不起！
不過也因為長官特別兇，反而讓出包機率變高了。
聽口令！開始詠唱！

優雷優雷優唷……
咦糟糕！忘詞了！
妳在搞什麼東西啊！！
欸！？人家還沒唱完啊……
詠唱完成！射擊姿勢預備！
妳再混啊！！
射擊！
射擊！
射擊！
王儀君……
妳在跟我開玩笑是不是啊！？

妳控制一下力道啊！整個轟掉，誰知道妳到底準不準啊!?
報告！對不起！
啊！可惡！
我沒打到靶心！
妳已經不錯了，我連靶子都沒有打到呢……
我看看……咦？
不是啊，妳命中紅心耶？
那個不是我打的……
那是雷小綾打歪，打到我靶子上的！
有夠離譜……

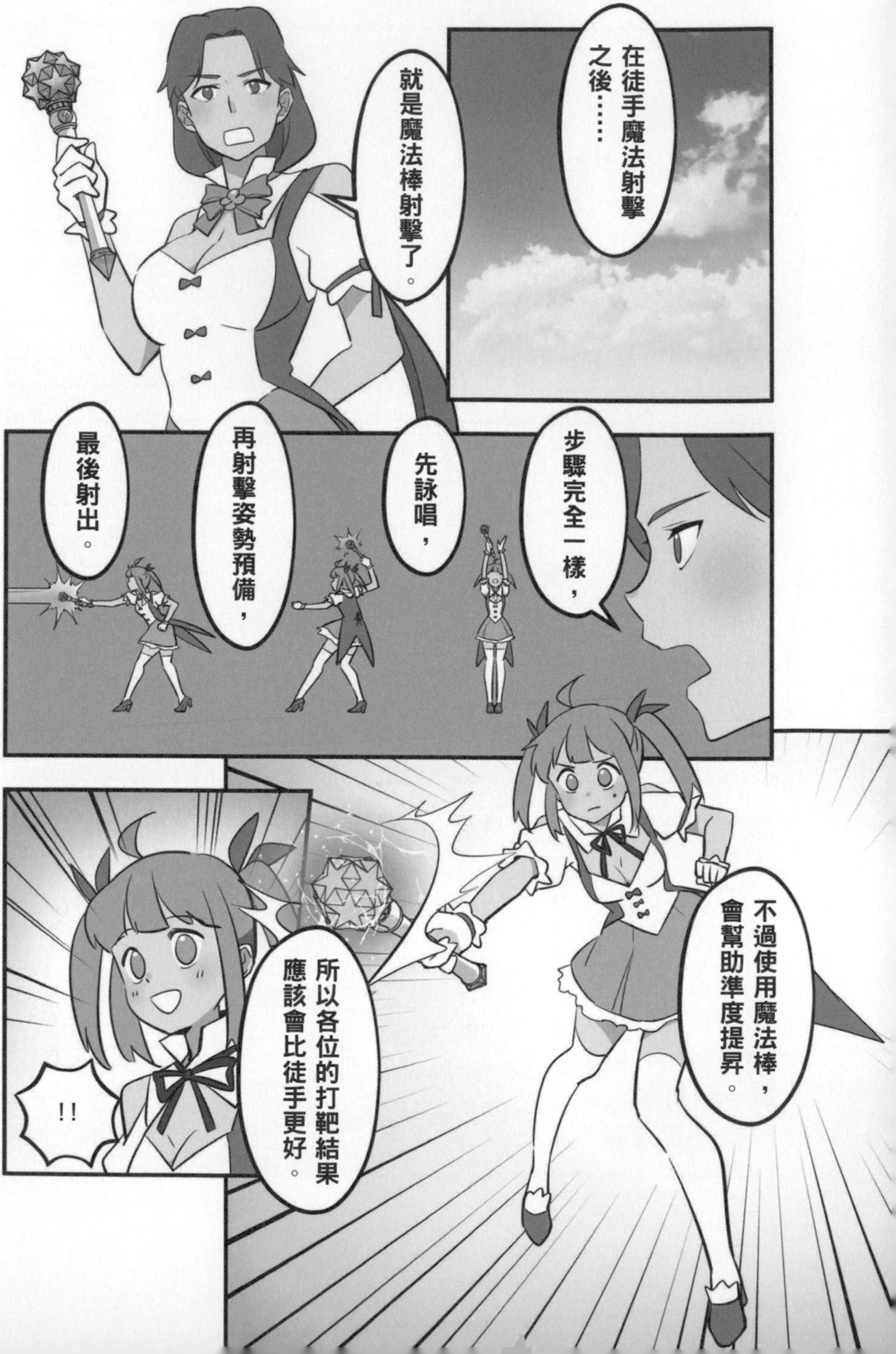
在徒手魔法射擊之後……
就是魔法棒射擊了。
步驟完全一樣，
先詠唱，
再射擊姿勢預備，
最後射出。
不過使用魔法棒，會幫助準度提昇。
所以各位的打靶結果應該會比徒手更好。
!!

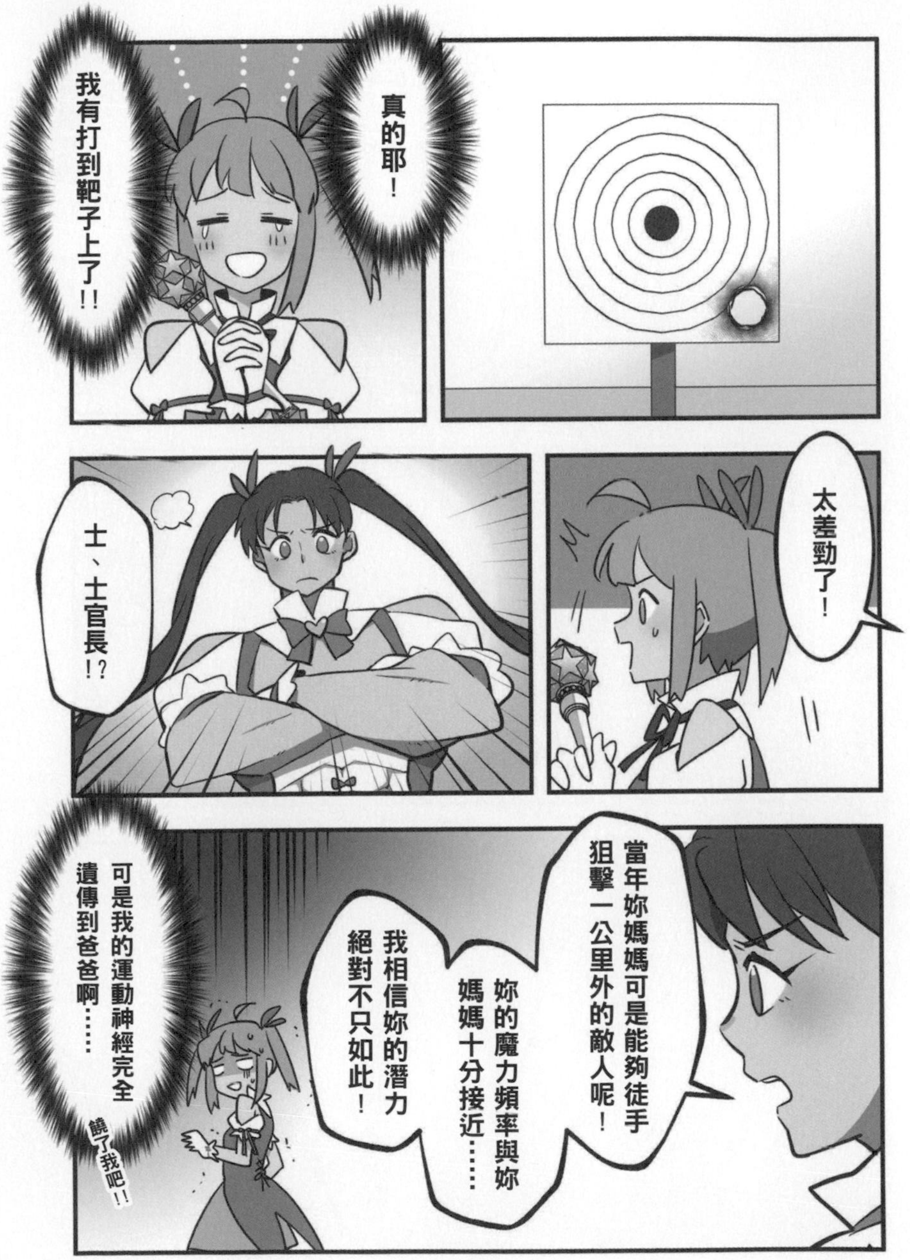
真的耶！
我有打到靶子上了!!
太差勁了！
士、士官長!?
當年妳媽媽可是能夠徒手狙擊一公里外的敵人呢！
妳的魔力頻率與妳媽媽十分接近……
我相信妳的潛力絕對不只如此！
可是我的運動神經完全遺傳到爸爸啊……
饒了我吧!!

射擊完畢！射手下靶台！
斜舉魔法棒對空曠無人處，實施退魔咒，清空魔法棒內的殘存魔力！
確實退乾淨啊！
之前有人沒退乾淨就把魔法棒繳回，
結果把整個庫房都炸掉了！
太扯了吧！
是灌多少魔力進去啊？
那個人就是妳媽……
下手不知輕重的怪物！
咦咦咦咦！？

好，下一波射手，上靶台！
另一方面……
啪啪！

?
?
?
?
碰!!
怎麼一群狗從天而降?
!?
哇啊啊啊啊!!
呼嚕嚕……

嘟嚕嚕……
喂？營長好！
長官可自由使用非智慧型手機。
虹珍，剛才國軍魔法雷達偵測到外星魔法通道開啟，
疑似有外星魔法生物闖入，地點就在靶場旁的小鎮！
什麼？
妳立刻帶連上的幹部，
還有幾個能幹的魔法少女去現場瞭解一下狀況！

《入伍吧！魔法少女》在 LINE WEBTOON 收藏人數破五萬時的解鎖獎勵

第五章
居然要去解任務了

咻咻咻
車內。
為什麼我會在這裡啊？
雷小綾！好機會！透過實戰激發潛力吧！
都怪士官長啊啊啊啊啊!!

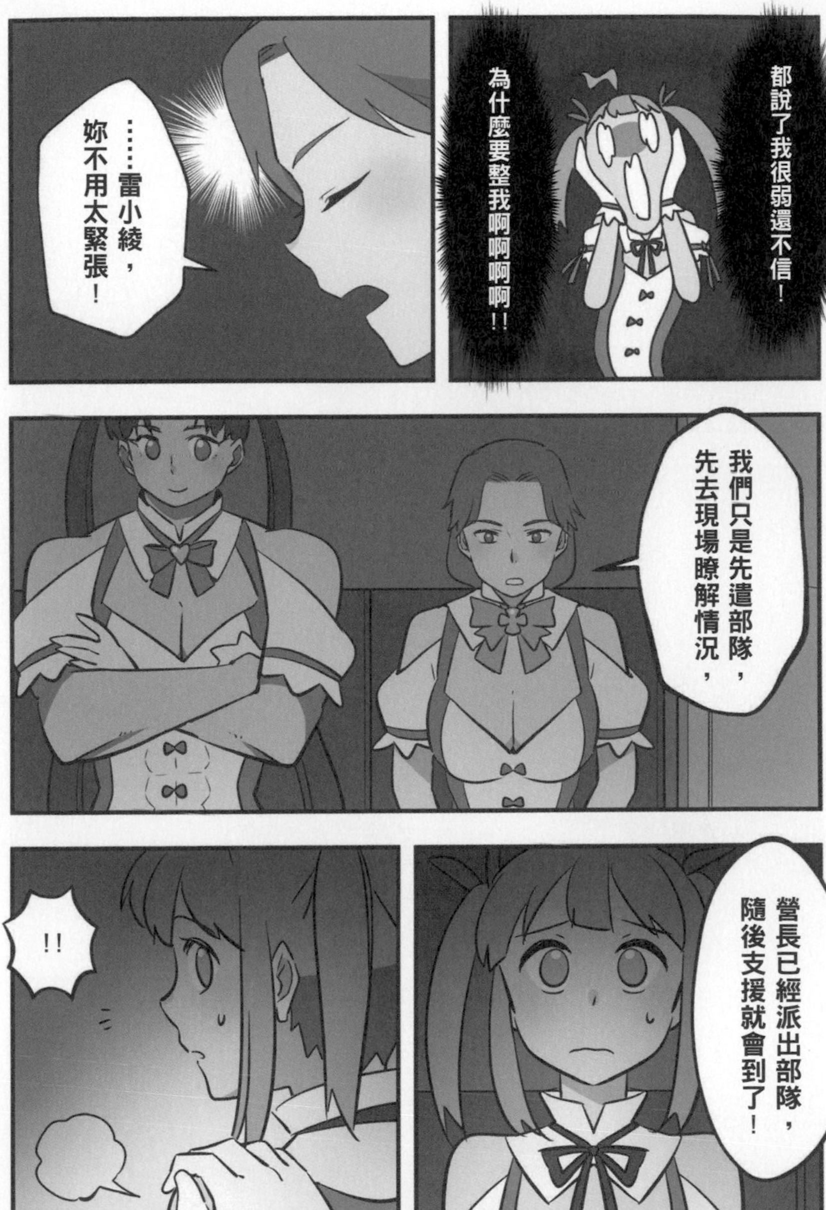
都說了我很弱還不信！
為什麼要整我啊啊啊啊!!
……雷小綾，妳不用太緊張！
我們只是先遣部隊，先去現場瞭解情況，
營長已經派出部隊，隨後支援就會到了！
!!

不用怕，我會保護妳的。
煞車！
哇……安心度+1000！
到了！
!?
狗、狗群!?

哇啊!!
吼!
磅!!
……咦?
好、好弱!

魔法少女！
妳們來得正好！快來幫忙打狗！
這群瘋狗從天而降後見人就咬，我打了三四隻！
但還有十幾隻在巷弄裡亂竄！氣死我了！
原來……只是連普通民眾都能應付的魔法生物啊！
好！
那靠我們就夠了！
我們分頭去把巷弄裡的魔犬解決掉!!
報告！是！
小綾我走這邊喔！妳可以的！那些狗真的很弱啊。
說好的保護我呢!?

哇！馬上就遇到了！
優雷優雷優雷優雷唷！
不要過來啊！
咻！！
咦！解決了？
儀君沒有騙我！原來真的很弱！
太好了！這樣子的程度根本不用怕啊！

乖……乖……
坐下！快坐下喔！
呼嚕嚕……
汪汪嘎啊啊！
哇啊啊啊啊啊啊哪來的瘋狗啦！
妳不是說魔法歌倒背如流？
快點詠唱攻擊牠啊！
妳才是吧！妳不是自稱比現役的更精實嗎？
！

咻!!
磅!!
太好了！
得救了！
滋滋
啊。
來得也太慢了吧！
就是啊！
當年我們才沒有像妳們這麼慢的啊！

啊！
又來三隻！
救救我們！
融合！
！？

轟轟……
咻咻咻……
妳們沒事吧？
砰!!
沒，
沒事。
呀啊啊！
這是……小綾的叫聲！

怎……
怎麼這麼大隻？
優雷彈！
優雷彈！
優雷彈！
優雷彈！
遺傳基因
我恨你
吼吼吼！
哇啊啊救命啊！

……
……咦？
之前的……使魔!?

之前的使魔……
跑來救我了!?
吼!
磅!
哇啊!
奇怪……感覺使魔身上的魔力波動好熟悉!

咻!!
滋滋
小綾!
磅!!
咦?那個使魔是?

我不知道它從哪裡冒出來的！它突然就跑出來保護我了！
那個魔力波動、頭上那撮藍色毛髮！雖然這聽起來很離譜……但我記得它！
它就是當年妳媽媽的使魔！
在被妳媽媽灌注大量魔力之後失控逃走了，再也找不到回來！
咦咦咦咦？
咻！

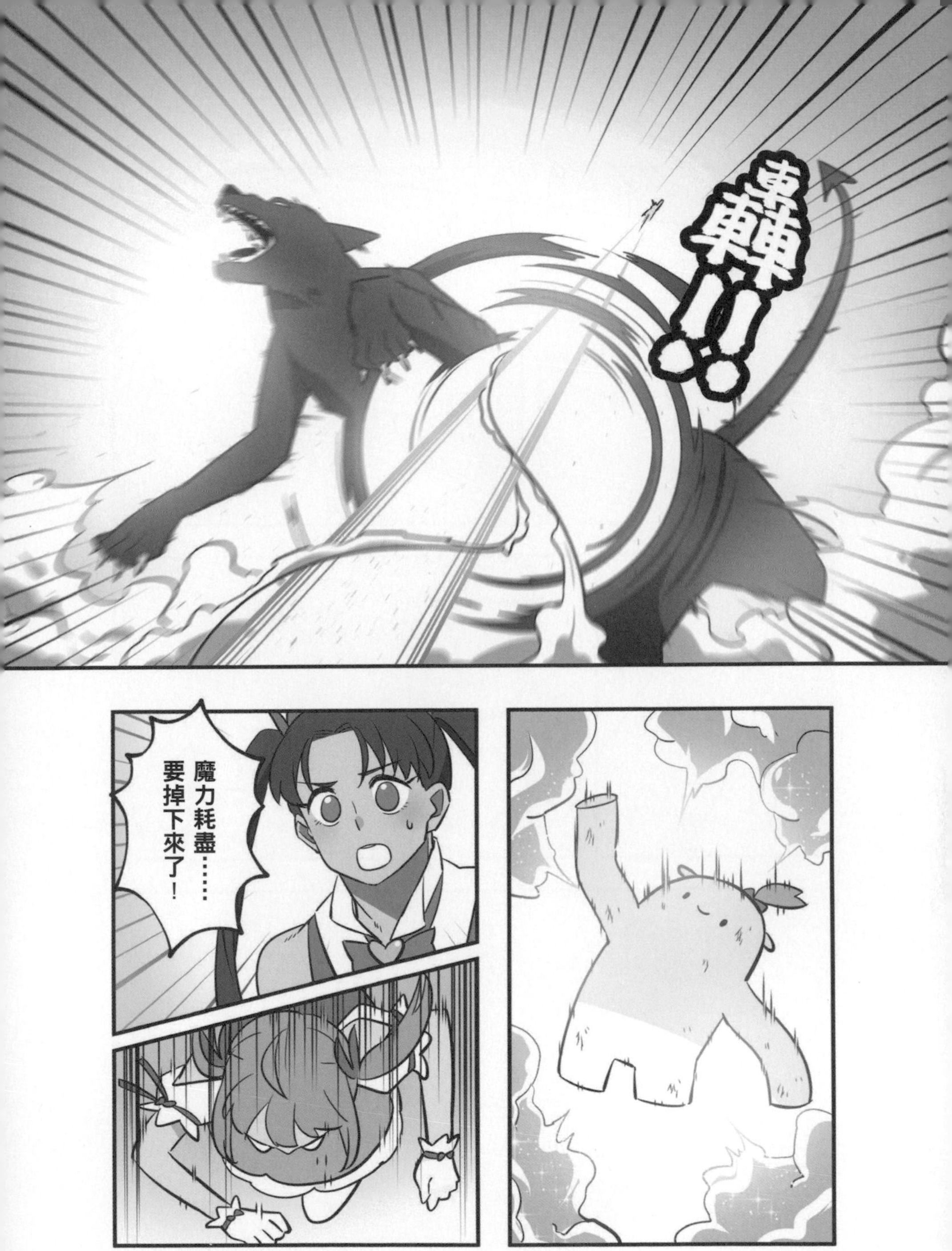
轟!!
魔力耗盡……
要掉下來了！

謝謝你……
救了我！

!?
媽——媽——!!
雷媽只是在家喝茶看電視。

不久後，
營長帶著後援部隊抵達了。
於是現場後續就交給她們來處理收尾。
辛苦了！表現很好！
我們可以收隊回去了。
嗯？那個老古董使魔呢？
還有玉琇班長去哪裡了？
那個……

玉琇班長把使魔布偶帶走了……
先埋起來！以後有缺件再挖出來補！
這樣啊，好，我們先走吧。
咦咦咦咦!?這樣ok嗎？？
算了，小綾，我們走吧。
好吧……
於是，服役生涯的初次任務，就這樣幸運地結束了。

之後的射擊訓練依然繼續進行，
但可能是面對過魔犬的關係，
打起不會動的靶子，就變得簡單許多了。
呵呵呵呵……我就說實戰訓練很有效吧！真是良性循環啊……
完蛋了!!要變成惡性循環了啊!!
時間差不多了！通通有！集合！
哦哦！
要去做「那個」了嗎!?

到了每週四下午兩點十分，
就要準時收看魔法役節目……
聖光園地！
聖光園地
不用室外操課，只要看
電視就好，超爽的……
喂！

搞什麼鬼啊？
才看沒多久就打瞌睡啊？
下午時段在室內舒服坐著……
真的很容易睡著呢……
看電視太輕鬆了是吧？
好，妳坐下。
但是不准坐椅子。
惡魔啊……

難得可以輕鬆一下，我可不會睡著的啊！
不過好無聊，來轉個電影台看看好了。
小綾！一起吃炸雞吧！
Next:
玩命光頭20
雷——小——綾——
呵呵……
好吃……
小綾！醒醒啊！

以前的雷小綾，很喜歡看電影。
絕對不能遲到！
無論是早場、午夜場、跟朋友看、或是自己去看電影，都全神貫注。
看到好看的電影會到處分享，
好棒喔！上臉書推薦給大家！
對於差勁的電影也毫不留情。
演技浮誇、台詞矯情！上批踢踢發負雷文啦！
不過入伍之後的她……
走！寶貝，我開車帶妳去陽明山看夜景吧！

聖光園地
喚得回的愛
不行！我可是現役的魔法少女！雖然休假但還是要戮力報國！
可不能做出縱容酒駕這種違法犯紀的事啊！
太……
太帥氣了!!
有得看就很開心了，表演內容標準什麼的根本不在乎了。
這是魔法役宣導節目中的情境式單元劇，
不只小綾，大家對這種難得的娛樂都很買單。
而且這種官方單元劇，
常常會有一些固定的演員。

呀!!是云哲耶!!帥死了!!
這些演員就會有粉絲。
啊你不是要約那個魔法少女出去?
齁!不要鬧啦!
哦哦哦哦!!這個CP讚!!
自古紅藍出CP,不是百合就是基!
大★滿★足
而且是各種面向的粉絲。
唉呀,云哲X德凱真是棒啊。
不是吧?我覺得是德凱X云哲才對!
胡說什麼啊!超不搭的!明明就是云哲X德凱棒!
屁啦!妳是眼睛有毛病嗎?德凱X云哲才是天命所歸!

吵死了啦!!看個電視也給我吵架是怎樣?
給妳們方便當隨便啊!?
左邊那個!!去半蹲!!
只有我……被罰?
原來玉琇班長偏好云哲X德凱嗎……
居然是云哲X德凱派的啊……
除了單元劇外，聖光園地中還有一個單元也頗受歡迎。
哦哦!等很久了!
~魔法笙歌~

這是一個播送時下流行音樂MV的單元，
下方會同時跳出各個親友給魔法少女的溫馨留言……
To：龍泉新訓中心雷三營雷三連 劉于萱
親愛的服魔法役辛苦囉！好好加油，
等妳結訓假我們再來去恩愛約會吧！
最愛妳的毅寶貝
哇!!是我家親愛的留言給我！我都濕了!!
我是說濕眼眶!!
啊！有給我的留言！
To：龍泉新訓中心雷三營雷三連 陳葳貞
是在這一欄裡面留言嗎？
陳葳貞的媽媽
…………

啊哈哈哈哈哈哈！這也太搞笑了吧？
小綾！下一則是妳爸留言給妳耶！
咦！？
爸爸他……
To：龍泉新訓中心雷三營雷三連 雷小綾
我的寶貝女兒，加油喔！要如廁就要趕快舉手跟班長說，不要像以前國小六年級那次尿褲子，注意身體健康！
天天想著妳的爸爸
妳到國小六年級還會尿褲子喔？
啊哈哈哈哈哈哈哈哈哈哈哈哈哈哈哈哈！
公、公開處刑啊……

因為在靶場天天打靶，
也必須天天做魔法棒保養。
看似簡單，
其實大有學問！
魔法棒的大部分解，我慢慢地做一次，
大家認真看、仔細學。
咻咻咻咻
好了。
說好的慢慢做呢！
玉琇班長的大部分解速度可是出名的快啊！

連長妳才厲害呢！
請妳露一手那個給
這些菜鳥開眼界吧！
大部分解開始！
咻咻咻
好！
組裝開始！
咻咻咻咻
好！

很好！
我也來秀一手！
咻咻咻咻
大部分解開始！
好！
咻咻咻咻
組裝開始！
好！
變成奇怪的東西啦！質量守恆定律呢？

除了大部分解之外，
保養清潔也很重要。
小綾！妳的擦拭法不對！
看看我這招吧！
這樣子絕對很快就好哦！
說不出的猥瑣感……
不知道管內有沒有灰塵……
對著光亮處檢查看看。
小綾！我教妳確實清除管內灰塵的方法吧！
妳看，就是這樣子吹……

這管子是魔力經過的通道，若有灰塵雜質就會阻礙魔力流動，
妳們要確實用通管的毛刷清潔！不要想偷雞！每個人都要給我檢查乾不乾淨！
班長，我清好了，麻煩請過目！
髒死了！重新擦！
咦咦咦咦咦！？

在清潔保養完成之後，
就是重新組裝，但這也不太容易。
???
嗯？這個零件是裝這裡的嗎？
那這個零件又是？
終於……裝完了！
班長，妳看！
雷小綾，為什麼妳裝完了之後，
這裡還有零件呢？
啊！這、這……
MAGIC★
後來被罰跑操場十圈。

終於……又回來了！
北營
靶場週很快地過去了，於是又回到熟悉的營區。
雖然回來之後，還是做著差不多的訓練，但新訓已接近尾聲……
所以到了這個時候，某種情況越演越烈。
妳有聽說到最近的恐怖傳聞嗎？
什麼？
據說，最近只要一個人落單……
背後突然就會冒出一股聲音，問著，
妳……

要不要簽下去……成為志願役魔法少女啊？
好恐怖啊啊啊啊啊!!
所謂的簽下去，就是簽署同意書，從義務役變成專職國家魔法少女。
福利好！薪水佳喔！
身為志願役的幹部，都會趁新訓時期進行招募活動。
最近我似乎也被班長盯上了……
我只能盡量不與她視線相交……
怎麼辦？她之後一定也會找上我……
妳就禮貌拒絕就好了嘛。

妳不懂啦沒這麼簡單啦！
腦波弱一族的自覺。
不過，
其實儀君早就被招募過了。
報告連長，我來了。
嗯。
找妳過來，其實是想要問問妳，
妳有沒有想簽下去……
報告，沒有。
回答好快!!
妳不考慮嗎？現在工作很難找……妳什麼學校畢業的？
報告，台大國際企業學系。
高材生啊啊啊啊!!

雖然是好學校……但現在也很多碩博士沒工作啊！
妳已經有規劃出路了嗎？
報告，我退伍後會先去舅舅的公司上班。
家族企業啊啊啊啊!!
但妳是個魔法少女的人才啊！
如果妳簽下去，一定能給國家很大幫助！
報告，我覺得跟成為魔法少女相比，我去就業的話，
有把握帶給國家更多的經濟流動與就業機會！
………
……我知道了，妳可以回去了。
報告！是。
所以說……直接拒絕也是沒有問題的嘛。
不容撼動的人生勝利組。

雷小綾！
妳過來，我有話要跟妳說。
輪到我了啊啊啊啊啊啊啊啊啊！！
別緊張！聊聊天而已。
妳讀什麼學校科系啊？
報、報告！
我是讀台藝大的視覺傳達系。
視覺傳達系？那就是做設計的嘛？
我也有朋友做設計的啊。
做設計不是要常常爆肝熬夜趕工嗎？
而且客戶要求很多很囉嗦又沒品味，
重點是給的費用超級少，就算是餓不死也吃不飽。
我說的有錯嗎？

……還真的沒有。
對吧對吧！
不過妳簽下去的話……
這份工作的作息穩定！（6點起床10點就寢）
薪水穩定而且遠高於22k！（國家不倒就一定領得到）
離家又很近！（未來可以申調單位）
而且不怕突然就被解雇！（一簽就是三年）
怎麼樣？
這份工作才是人做的吧！
咦？好像是耶……
雷小綾，心動中。

▼ 2017 年 4 月，漫畫第一回誕生前綜合口味所畫的人物草圖，當時敬禮手勢還沒設定。

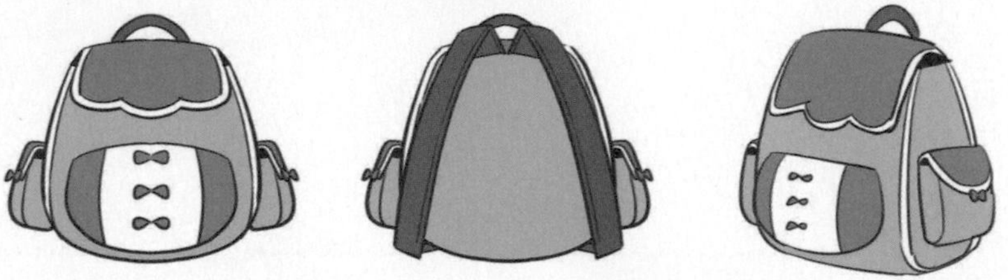

▲ **魔法少女一大包**

使用魔法彈性布料，可容納比外觀看起來更多的東西，是每個魔法少女的基本裝備之一，大容量兼具可愛的設計，在民間也廣受歡迎，甚至在國高中生掀起一陣搶購熱潮。

◀ **國造 987 使魔（基本通用型）**

有主動遙控模式，也有半自動守衛模式。在注入魔力前造型花紋一致，注入魔力後，會因應不同人的魔力而有些微不同的外貌改變。

第六章

少女啊，簽下去吧

雷小綾，是不是很心動啊？
心動不如行動！
簽嗎？簽嗎？簽嗎？簽嗎？
我、我……
抱歉班長！
請讓我再考慮一下！
畢竟這是個重大決定……
我想好好思考，以免將來會感到後悔……
所以還請班長再等……咦！？
嘖！差一點就拐到了……
啊、啊啊！！要好好思考是吧！
沒問題沒問題！等妳的好消息哦！
營業用笑容

……事情就是這個樣子。
之後要給班長一個答覆。
儀君！怎麼辦？
妳覺得我該簽下去嗎？
嗯……我覺得這份工作的優點，
好像也不盡然如此。
比如說，作息固定好了。
乍聽之下是不用像私人公司一樣熬夜加班，
但妳仔細想想，妳得住在營區，
這比偶發性的住在公司還要綁死呢。
真的耶……

再說，就算是休息時間也不是能完全地自由休息，例如得起來站哨，或是有長官吩咐，也顧不得是休息時間，馬上就得乖乖照辦。薪水穩定這一點倒是沒錯，不過剛才已經換算過工時其實頗長，這樣來看的話薪水還能稱為優渥嗎？
更何況這是保家衛國，可能會受傷、甚至搭上性命，妳覺得這樣的薪資是值得的嗎？至於離家近，但又常常會有下基地或是演習的活動，搞不好真正離家近的時間很少呢，而這樣充滿不確定的工作性質，卻得綁三年，這個風險不小耶……
啞口無言……
所以說，這其實不算是一份好工作嗎……
說到底，好不好還是因人而異。
不過玉琇班長跟妳說盡好處，邀請妳加入，
但妳覺得她在這份工作中真的有過那麼好嗎？

好無聊！
長官就是蠢！
營區超悶！
早起好累！
菜好難吃！
話說，如果有不錯的男人，也介紹給班長認識認識啊。
咦？
可是班長……
妳之前不是說有對象？
之前那個對象……居然只有我放假才把我當對象！平常有別的對象！
這種職業傷害，國家會補償我嗎？不會！所以才要再問妳嘛！
原來如此……

怎麼一時之間，都先想到壞事啊……
最後，妳知不知道，
為什麼班長這麼積極鼓吹妳加入呢？
其實她們若能成功招募新人加入，就能有放假的獎勵喔。
這、這不就是一個抓交替的概念嗎！？
妳下陰間換我還陽
原來這才是真相啊！！
雷小綾！
考慮得如何？準備好要簽下去了嗎？
班、班長！

……
班長！抱歉！
我決定不要成為職業魔法少女了！謝謝！
去出公差。
咦咦！？
這邊地掃完，回去刷廁所。
廁所刷完後去油漆，油漆完去除草，之後再去清洗浴室……
抓交替失敗，進化成厲鬼了啊啊啊啊！！

忽然驚覺……
我們再過七天就可以回家了……
不要講得好像頭七一樣好不好……
不過結訓前的最後這一週，
也是最重要的一週呢……
這一週將會迎來新訓中最重要的戰技鑑識測驗，
小選
特殊單位遴選
鑑測
各項戰技驗收測驗
大抽
抽籤決定未來單位
並且決定未來11個月要待的軍種單位。

沒意外的話，今晚就會有特殊單位來選人了，好緊張啊……
不過話說回來……
特殊單位遴選具體是怎樣啊？
蛤!?妳居然連這個都不知道嗎？
妳真的是天女耶!!
其實就是特殊單位會派人來挑選要加入他們單位的魔法少女。
被挑走之後，就不用參加最後的大抽籤了。
而這些特殊單位分別是魔拳隊，
雷儀隊，
還有閃電隊。

嗯……所以她們是……？
不行，這傢伙沒救了。
魔拳隊！
顧名思義就是學習魔拳這套武術的魔法少女！
她們的訓練非常嚴苛，常常有人練到傷筋斷骨!!
也太可怕了吧！
雷儀隊，則是操練杖法的團隊。
只要是國家重要場合，都必須登場表演。
她們必須將重達7公斤的魔法杖揮灑自如，
她們的訓練非常嚴苛，常常有人練到傷筋斷骨!!
為什麼又是一樣的結語啊!?好恐怖!!
不是只是表演嗎？

最後是閃電隊！
這個妳總該有聽過了吧？
啊！我想起來了！
她們是不是要通過一個訓練……
電療路!!
閃電路啦!!要電療的是妳的腦袋吧!!
閃電隊是擔任潛入、斬首的機動隊，
以訓練精實而聞名世界！
要成為閃電隊的一員，除了要通過各項的戰技考驗外，
還得設法通過一條充滿落雷的道路才能合格，非常危險，但這也凸顯她們的能力過人。

天啊！這三個特殊單位聽起來都超恐怖的啦！
要是被選中了還能平安退伍嗎！？
拜託千萬不要選中我啊……
通通有！集合！
都到齊了吧！
大家應該知道，待會要小選了。
在開始之前，有件事要告訴你們……
如果志願簽下去的話，就不用參加小選囉！
咦咦咦咦！？

好啦！選擇吧！要簽下去之後平安退伍呢？還是要冒風險被選走操爆呢？
想成為職業魔法少女，現在馬上簽訂契約吧！
哇！真的有人去簽了!!
好，妳們的契約我確實收到了。
那沒別的事了，大家解散回去寢室休息吧。
咦!?小選呢!?
唉呀呀……
妳們沒有聽說嗎？國家調整兵力，精簡人事，
所以這些單位就不再招收義務役魔法少女啦。
換句話說，被陰了嗎!!

各位……
明天開始就是鑑測了。
往後三天將會驗收妳們這段日子辛苦學習的各種技能！
希望大家全力以赴，
不要讓過去的辛苦都白費了，知道嗎？
報告！是！
我也在這邊補充提醒一下大家，

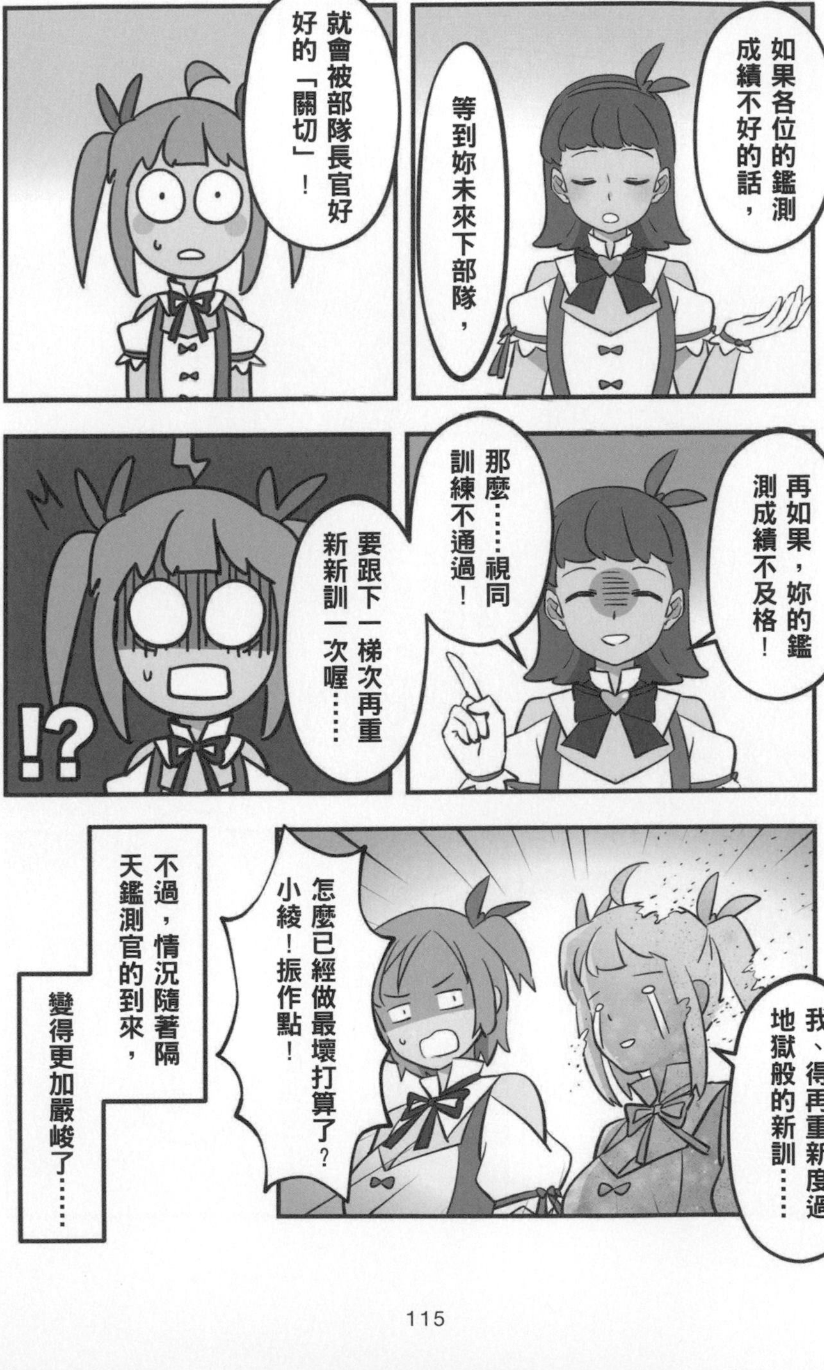
如果各位的鑑測成績不好的話，
等到妳未來下部隊，
就會被部隊長官好好的「關切」！
再如果，妳的鑑測成績不及格！
那麼……視同訓練不通過！
要跟下一梯次再重新新訓一次喔……
!?
我、得再重新度過地獄般的新訓……
怎麼已經做最壞打算了？小綾！振作點！
不過，情況隨著隔天鑑測官的到來，
變得更加嚴峻了……

喀！
二等士官長
梁慧真（40）
鑑測官好!!
傷腦筋！
這次又是她啊……
這位鑑測官怎麼了嗎？
鑑測官的嚴格與否，會大大影響鑑測的成績。
其他連隊為了讓成績能夠好看，
常常私底下對鑑測官略施小惠或巴結……
但是我們家的連長啊，從來不搞這一套的。

她絕不賄賂鑑測官，
一切都照規矩來，
所以拿慣好處的梁慧真，
對我們連長特別討厭。
她已經好幾次分配到當我們連的鑑測官了，
每次都會非常嚴格，甚至找碴，很難纏！
原來如此……不過連長怎麼如此剛正不阿啊？
……
公元一九九二年
第三次世界魔法大戰
臺灣．臺北

姊姊！危險！
邱虹珍（14）
糟糕！
我們被包圍了！
救命啊!!
轟轟!!
沒事了！妳們快點去避難所待著吧。
這就是……
國家魔法少女!?

有良好訓練的魔法少女，
才能在危險關頭救助國家人民！
鑑測官，請妳仔細考核魔法少女吧！
那還用說！我絕對會拿出最高標準、嚴格監考的！
我有信心，我訓練的魔法少女們經得起考驗!!
不……拜託行行好放個水啊啊啊啊!!

鑑測第一天。
準備測驗仰臥起坐、伏地挺身！
兩兩一組，就位預備！
哼哼哼哼……
突然覺得壓力好大啊……
平常心就好，妳沒問題的！
計時兩分鐘……開始！
啊！？

怎麼辦!?我忽然好想放屁啊啊啊啊啊……
不行!這樣會波及儀君，太丟臉了!
雙手確實扶在耳際啊!!
嚇到!!
噗!!
生而為人，我很抱歉……
天國的曾祖母，我很快就去找您了……
死因：丟臉死
小綾!!沒關係啦!!這個臭我還可以!!

接下來測伏地挺身！
各就各位！
開始！
動作做確實啊！起來手要打直，下去手肘要小於90度，這樣才能算做了一下！
妳這一下不算！
妳也不算！
不算！
搞什麼鬼！妳再混啊！
人家平常習慣在下面嘛……
誰管妳啊!!

接下來，準備今天的最後一個項目，三千公尺長跑！
我覺得今天特別疲憊……
不用擔心！只要不掉隊跑完，
就一定能及格的。
妳們該不會以為……
安靜跑完就好了吧？
通通給我做精神答數！！
可愛！
正義！
嚴肅！
溫柔！

一邊跑步，一邊答數！
安靜！
堅強！
確實！
速捷！
更是疲憊啊!!
嗯？居然還能撐得住？
很好！接下來就一邊跑步一邊唱歌吧！
咦咦咦咦!?
怎樣？懷疑啊！
我要聽周〇倫的雙節棍，預備唱！
還可以這樣點歌的嗎嗎嗎嗎!?
快使用雙節棍……喝喝哈兮……

呼！
呼！
呼！
呼！
想不到……我居然跑完了？
而且沒有掉隊及格了！
這真是多虧了連長平日的魔鬼訓練！！
幹得好！
魔法少女們！
可、可惡……
我們明天走著瞧……

鑑測第二天。
測驗項目是打靶，所以一早就往靶場出發了。
還好是當天來回，
不用背行李，輕鬆多了……
哼哼哼……
這麼美好的早晨，
就要來點晨間運動啊！
女孩們，我們就跑步去靶場吧！
誰早上會做這麼激烈的運動啊？

終於……
又回到了這裡……
嗯？
呼
呼
呼
妳也喘得太誇張了吧？
發生什麼事情了！？
其實，因為玉琇班長說要給鑑測官好印象……
所以我們暫時被禁止抽菸了……
我吸入的尼古丁量不足！現在才會這麼疲憊啊！
不不不，妳就是因為平常吸尼古丁才會疲憊的吧。

拿好妳們的魔法棒！
第一波射手！上靶台！
嗯？
妳是怎麼拿魔法棒的啊啊啊啊啊啊!!
快點拿好！等一下被鑑測官看到，
一定會被電飛的!!
唉唷，我真是糊塗了……
謝謝妳！
沒有先點火，怎麼能抽呢？
快點住手啊啊啊啊啊啊啊啊!!

總算在被發現前
把火熄掉了。
不行！我得集中
精神打靶啊！
要是打壞了就要
重新新訓啊！！
聽口令！
開始詠唱！
詠唱完成！
射擊姿勢預備！
射擊！
哈啾！！
哇嚇我一跳！！

是誰在這個時候打噴嚏？
害我完全打歪了……
鑑、鑑測官！？
唉呀，鼻子癢央……
所有人暫停動作！
這太過份了！！
妳怎麼可以故意干擾…
據我所知，連長。
妳年輕時曾在戰場上被魔法少女搭救對吧？
！？
既然見過戰場，那妳也該知道，戰場上可不能安靜打靶的……
這點小干擾都不能克服，還指望這些魔法少女能夠在戰場上奮勇殺敵嗎？

妳之前說過要培訓出能在國家危難關頭，也能救助人民的魔法少女！
讓我來好好測驗這一點，難道只是大話而已嗎？
不……
妳說得對……
很好，那我們就繼續吧。
射擊！
哈啾！
射擊！
哈根大使！
射擊！
哈雷路亞嗆司！
射擊！
哈力波特！
——打靶測驗結束。
完蛋了……
我一發都沒有打中……
這下子要重新再新訓一次了……

鑑測最後一日——
小綾！打起精神來吧！還有扳回一城的機會。
只要這個個人項目的成績及格，就不用擔心了。
好……
無論如何都不能再失敗了！
接下來的考核項目，
是使魔的操作，
將在模擬建築中進行測驗。

接下來進行使魔操作測驗！
各位都知道，
使魔是當魔法少女作戰時，守護魔法少女背後的存在。
所以兩者的默契配合相當重要！
測驗規則很簡單，魔法少女與使魔進入模擬建築，跑上頂樓天台，拿到小紅旗後再出來。
過程中鑑測官會進行埋伏，
伺機射擊魔法漆彈，
只要使魔或魔法少女有拿到小紅旗，
而且魔法少女未中彈達5發，就算是合格！

每個人的測驗時間是90秒……
00:90
大家要把握時間！
好嚴苛的挑戰啊！居然要以鑑測官們為對手！
好！我要上了！
啊！
呀！
啊！
唉呀！
哇！
嘎！
討厭……射得人家全身都黏呼呼的！
妳根本是掉到油漆桶了吧！？

輪到我們了！
啊！
呀！
哇！
唔！
噫！
出來了！
太好了……
我只中了四發！
紅旗則是……
在使魔的手上！
你拿成什麼了啊啊啊啊啊？
還是不合格。

該我們上場了！
你一定要保護好我喔！
哇！好多柱子。
哇！

我的背後就交給你了！
拿到了！
出來了！
我中了幾發？一、二……
三！
四！
太棒了！我及格了！謝謝你好好地守護了我的背後！

午餐時間。
……
……
連續兩個測驗都失敗，已經沒有救了，下午的測驗也不重要了……
注意！所有人轉向這裡，
連長有話要說。
謝謝……
打斷一下大家的用餐時間，
在最後一項鑑測項目開始之前，
我有件事要讓妳們知道……

我知道各位因為測驗成績不好而心情低迷，
不過成績差就得再重新新訓，
這個是騙妳們的。
咦咦咦咦咦！？
那只是玉琇班長為了激起妳們鬥志，
而慣用的一個白色謊言而已。
我之所以現在揭露這一點，
是希望大家能把成績這件事拋諸腦後！
然後好好回想，
妳這段日子以來的辛苦與努力……

妳可以不當一回事，輕鬆混過鑑測！
但妳也可以使出全力！為一切畫下完美句點！
各位怎麼選擇，是各位的事，反正新訓結束，我們就是不相干的人了。
希望大家自己決定吧。
以上。
下午操課時間。
呵呵……
還想做最後的掙扎嗎？
女孩們。

那就快點開始吧！
魔法棒基礎格鬥術全體操演……
通通有注意！
魔法棒基礎格鬥術！戰鬥姿勢預備！
喝!!
展現妳們的氣魄！
砍劈！
………!?

殺！
上擊！
殺！
突刺！
殺！！

橫劈！
我們的格言？
可愛正義！！
這股驚人的氣勢究竟是——！？
我們能做什麼？
奮勇殺敵！！

再怎麼努力……
也無法挽救整體成績了不是嗎!?
我們是誰?
我們是——
國家魔法少女!!

雖然拿出了超高水準的表現……
但還是不敵權力者的惡意捉弄，鑑測就此帶著遺憾結束了。
好啦，還可以，給妳們60分吧。
咦咦咦咦咦!?
不過，並非事事都那麼不順利……
班長，昨天不是被鑑測官擺了一道嗎？怎麼妳今天心情就變得這麼好？
說到這個，我真是愛死妳們這一梯了啊！
呃!?
妳們之中似乎有人的親戚是將軍吧！
多虧她告狀，鑑測官被調離現職處分了！
這麼厲害!?
賣弄權力的人，總會踢到鐵板。

接下來就是重頭戲，下部隊抽籤了！
雷系魔法少女的單位有，位於林口的55旅，以及位於高雄的88旅，
55 旅，林口營區
88 旅，高雄營區
還有人人避之唯恐不及的……
金門烏坵營區。
小綾，
妳在做什麼？

我在為待會的抽籤做準備啊！
剪指甲（好手氣）
畫眼睛（看清楚）
滴綠油精（抽涼缺）
可是……
綠油精滴到眼睛上，反而會看不清楚吧？
對齁！！
難怪我當初……
會抽到雷系魔法少女……
抽籤開始。
可
愛
正
義

魔法少女劉于萱，手中無籤，
在此抽籤！
55旅魔一營雷一連！
太好了！
可以跟我臺北的親愛的常碰面了！
太幸福了！
好籤少一支了……
可惡啊……
別嫉妒嘛！
以後加LINE，我發我們的放閃照給妳們看！
感覺這傢伙之後可能會登上社會新聞……

魔法少女王儀君，手中無籤，在此抽籤。
啊，55旅魔一營雷一連。
喔喔喔喔!!
哇！儀君也抽到好籤了！
好羨慕啊……
抽籤持續進行著。
88旅魔二營雷一連。
55旅魔三營支援連。
88旅魔一營警衛連。
魔法少女陳葳貞！手中無籤！在此抽籤！

金門烏坵……迅雷大隊……
幹得好啊！
恭喜啊！
太棒啦！
好，輪到我了。
小綾，加油喔！
一起來外島吧……
妳少詛咒我！
……魔法少女雷小綾，手中無籤……
在此抽籤！

……!?
55旅，魔一營，
雷一連!!
太好了！
我可以去離家近的單位了!!
近……？那是什麼？
可以吃嗎………

所有人注意！
五分鐘內大教室集合！
又發生什麼事了啊？
各位都知道，
這是妳們在新訓中心度過的最後一晚了。
所以今晚，
就好好放鬆一下吧！

死特
……啊，這樣說可能有點奇怪，不過……
我居然有點捨不得這裡呢……
是有點奇怪。
超奇怪的。
很奇怪。

不過……
能夠認識妳們還滿開心的！
嗯！
我也是！
離開這裡之後，也要常聯絡喔！
啊……不過我們三個抽到同樣的單位，
還是會常常見到，哈哈。
啊啊對不起對不起對不起!!
一時忘記了!!不是故意要刺激妳的啦!!

那麼……
為我們自己乾杯！
乾杯!!
翌日，一如往常的開始了。
晨訓。
被班長罵。
掃除。
被班長罵。

以為最後一天了可以開一下班長的玩笑。
被班長電爆。
中午過後，
通通集合起來，
聽營長做結訓致詞。
然後回連上收拾行李，換上便服，
到連集合場集合，
準備聽連長最後的離營宣教。

……其實該說的平常都說了很多了。
我只想再提醒各位一點，從今爾後，妳們就都是正式的國家魔法少女了，
請記住妳們的身份，
不要做出令國家蒙羞的事。
一日雷系，終身雷系！以上！
謝謝 連長！

真的要離開這裡了……
對上眼！
班長，謝謝妳一直以來的指導！
不客氣。
對了，我記得妳抽到55旅魔一營雷一連對吧？
妳記得之前那個很討厭的鑑測官嗎？
聽說她就是被調到那個連上了，妳好自為之吧！
咦咦咦咦咦咦!?

脫離新訓後的和平？

新章待續！

“不知道為什麼……

我有預感

很快會再見面呢……”

入伍吧！魔法少女 部隊篇 即將登場

志願魔法少女甄選報名表

姓名：　　國民身分證統一編號：　　生日：

聯絡電話：　　家長或監護人：

戶籍地址：

通訊地址：

學（肄）業學校：　　學歷：

證照：

1.本人已熟讀且充分瞭解簡章內容，並同意報名所檢附之資料由甄選會進行「雙重國籍」、「安全查核」、「精神疾病病史勾稽」及「兵役體位」等事項之相關查證確認，如有不實或偽造等情事，願接受調查並依法究辦。

2.本人同意國防部及各司令部、後備、憲兵指揮部、直屬部隊、各地區招募中心及海巡署蒐集、處理及利用參加考選之個人資料，作為國家魔法少女招募行銷及甄選服務之用。

考生親筆簽名(正楷)：　　法定代理人親筆簽名(正楷)：

左手拇指

寫完所有資料後，請將左右手拇指置於圓圈內，注入魔力後即視為完成契約。

右手拇指

本[illegible]魔法少女雷小綾 因 休假 准假給假

自2017/8/5 1300 時起至2017/8/7 2100 時止。

雷三營營長 廖美枝　　年　月　日

國家魔法少女請假單

說明：

一、本單以白報紙依式自行印製以單頁裝訂成冊。

二、本單僅適用同一單位與直隸主官核假時用之（原冊呈核）。

三、請銷假報告單應先送人事單位核簽，經呈主官批核准後交人事單位登記。

四、本單經呈請核定後第一、二聯為請假存根，第三聯由人事單位填寫交請假人收執。

▲ **志願魔法少女甄選報名表**

只要雙手注入魔力，即可與國家簽訂契約，成為職業魔法少女。

◀ **魔法少女請假單**

很重要的一張紙，雖然滿天都是飛機滿地都是電腦，但如果搞丟這張紙，就不能放假收假了。

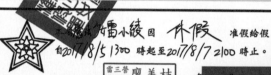

《入伍吧！魔法少女》 LOGO 設計之演化過程

第一個版本

第二個版本

第三個版本

第四個版本

第五個版本

最終版本

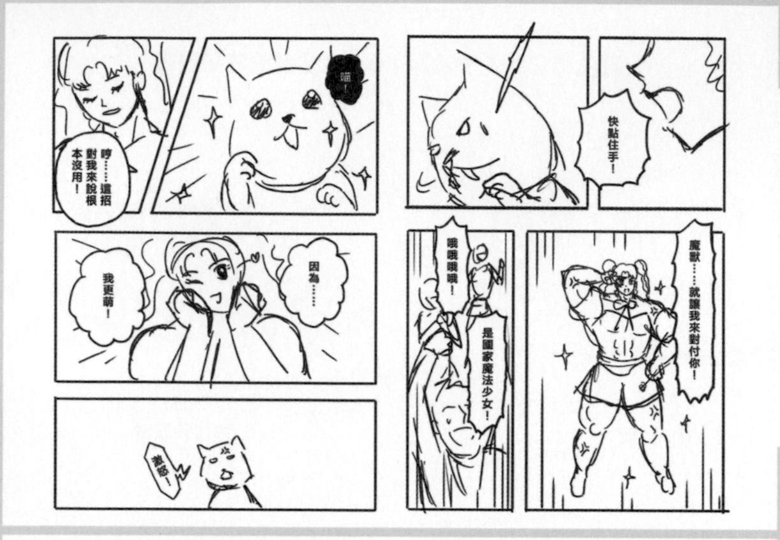

謝東霖畫的草圖分鏡

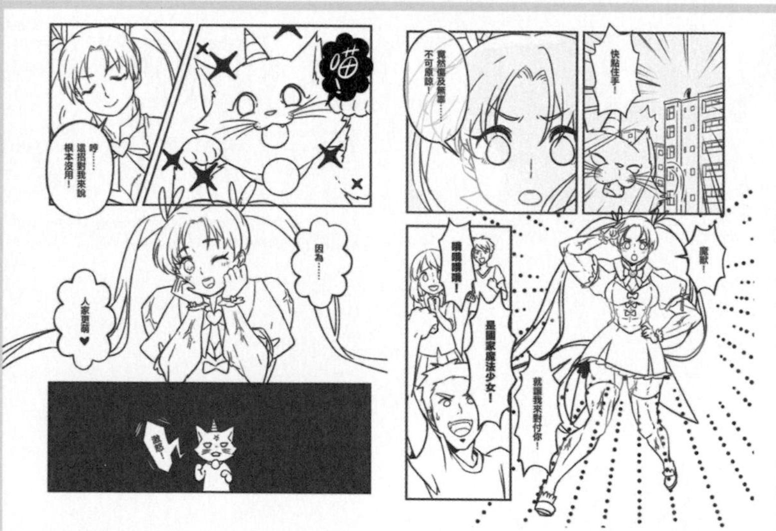

綜合口味畫的線稿

《入伍吧！魔法少女 新訓篇 上》
第 10 頁、第 11 頁的漫畫製作過程

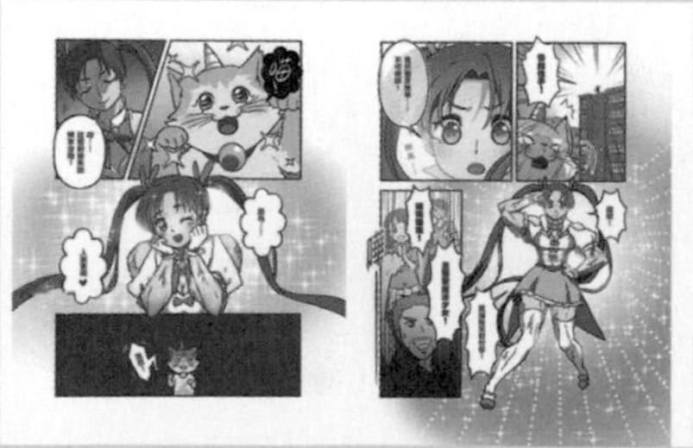

完稿！

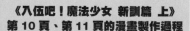

番外篇

雷媽傳奇：退伍的那一天

這是當年雷小綾的媽媽，退伍那一天發生的故事……
學姊！
一等魔法少女 莊思嘉（20）
妳今天心情很好喔！
一等魔法少女 王一美（22）
嗯？怎麼這樣說？
因為……
妳的嘴角上揚了2度呢！
妳看得可真仔細……

心情好的原因，肯定是因為那個吧？
今天就能領到退伍令了！
是啊……
我終於服役滿兩年了……
兩年來總是過著……
掃地、
拔草、
油漆、
被呼來喝去、
做無聊公差的日子……
搞得我都笑不出來了……
好了啦，莊思嘉。
連、連長好！
知道妳的埋怨了，快來領退伍令吧！
學姊！恭喜退伍！

那麼……
一等魔法少女莊思嘉，在此恭喜妳光……
緊急廣播！全體魔法少女注意！
觀測到異星生命體大學入侵！
所有人著全副武裝，準備前往排除！
什麼？
這下子麻煩了！
即刻起所有人事暫停！
我們先排除狀況再說！

我盼了整整兩年的退伍令……
就這樣飛了……
學姊……
別氣餒啊！也許異星人入侵很快就排除了，到時候妳也馬上就能退伍了啊！
排除異星人……
才能退伍嗎……
那就……馬上結束這場仗吧！

公元一九九二年，圖爾克星人打開魔法通道入侵地球，
不由分說就全面展開攻擊，臺灣也在遭遇侵害之列，
台北車
後來這場戰役，被稱為第三次世界魔法大戰。
魔法少女！出動！
對付敵人先交給男人的軍隊去做，我們的首要之務，
就是支援男人軍隊，並且救助傷者，
戰場情況未明朗之前千萬別貿然衝……
欸!?

!!
咻咻咻!!
優雷優雷……
霹啪!!
優雷彈!!
咻
咻咻咻
咻
咻

轟！
隆！
天雷陣!!
那個連魔法棒都沒拿就衝出去的瘋子是誰啊？
報告營長，她是我們連上的……
搞什麼鬼？快叫她回來！！
呃……我覺得很有難度……
她已經失控了……
退任！
退任！
退任！
退任！
退任！
退任！

咻!
嗯?這裡剛才有插著一把刀嗎?
不管了……
先讓我充當武器吧!
救命啊!!
死定了……
啪!
磅!
沒事了,保重啊。
咦咦咦咦!?

請問……
救命啊!!
颯!
轟轟!!
沒事了!妳們快點去避難所待著吧。
就這樣,
莊思嘉一路救人,一路給敵軍重挫,
以超乎想像的速度將戰線往前推進,
包括自己人在內,沒人預料到她藏有如此驚人實力。終於……
她來到負責侵略臺灣的圖爾克主艦艇之下……
早不來,晚不來……
偏偏今天才來。

把我的退伍令還給我啊!!
轟——
爆雷彈!!
我們，到底看了什麼啊……
都給妳打就好了啊……
屆退人員真的有無敵星星逆？
不久後，美援趕到，與臺灣軍隊一起收拾剩下的戰場……
第三次世界魔法大戰，在臺灣的部份，以兩天的時間就劃下句點……

那麼……
恭喜妳！這次真的可以退伍了……
謝謝連長。
話說妳這麼厲害，真的不考慮簽下去嗎？
絕不，謝謝。
學姊恭喜退伍！
不過到底要怎麼做，才能變得跟妳一樣強呢？
多運動吧？
終於……可以離開這裡了。
那個……

終於等到妳了……
你是？
我是之前在戰場上被妳所救的人！
我是專程來向妳表達我的謝意！
這樣啊……不客氣，沒事就好。
再見。
啊……
請等一下！！
請問妳現在有空嗎？
至少讓我請妳吃頓飯表達感謝吧！
拜託了！！
……好吧，如果你堅持的話。
反正……我現在確實非常有空呢。
太好了，謝謝妳！對了，敝姓雷……
你好啊，我姓莊，叫我思嘉就好。
END.

Hello Design 叢書 32

入伍吧！魔法少女【新訓篇】下冊

原作　謝東霖｜漫畫　綜合口味｜主編　Chienwei Wang｜企劃編輯　Guo Pei-Ling｜美術設計　平面室｜排版　黃雅藍｜發行人　趙政岷｜出版者　時報文化出版企業股份有限公司　10803 台北市和平西路三段 240 號 3 樓　發行專線—(02)2306-6842　讀者服務專線—0800-231-705・(02)2304-7103　讀者服務傳真—(02)2304-6858　郵撥—19344724 時報文化出版公司　信箱—台北郵政 79-99 信箱　時報悅讀網—http://www.readingtimes.com.tw｜法律顧問　理律法律事務所　陳長文律師、李念祖律師｜印刷　和楹印刷有限公司｜初版一刷　2019 年 1 月 25 日｜定價　新台幣 300 元｜

ISBN 978-957-13-7691-2（上冊：平裝）
ISBN 978-957-13-7692-9（下冊：平裝）
Printed in Taiwan

《入伍吧！魔法少女》之數位內容同步於 LINE WEBTOON 漫畫平台線上刊出

時報文化出版公司成立於一九七五年，並於一九九九年股票上櫃公開發行，
於二〇〇八年脫離中時集團非屬旺中，以「尊重智慧與創意的文化事業」為信念。